한국 희곡 명작선 64

칼치

한국 희곡 명작선 64

칼치

유현규

평민사

유현규

칼치

등장인물

명호 - 29. 기관장
선장 - 45. 선장
기섭 - 35. 선원
수창 - 23. 선원
상길 - 58. 선원
조사관 - 20대 중반 (女)
선주 - 60대 중반
안팀장 - 30대 중반 (女) / 보험설계사
머구리 - 30대 후반 / 잠수부
지영 - 19세 / 수창이 여동생
간호사

무대

이 극에서 가장 큰 비중을 차지하는 무대는 선령 20년이 넘은 연근해 갈치잡이 어선이다. 중앙 조타실을 기준으로 우측은 선수가 되고, 좌측은 선미가 된다. 조타실은 객석에서 안을 볼 수 있게 지붕은 생략하기로 하고, 그 앞에 갑판이 너르게 있어서 배우들의 주요 무대가 되며 한쪽 구석에 각종 어구와 밧줄과 나무상자 등이 쌓여있다.

갑판 아래에는 어창이 있는데 넓적한 나무뚜껑에 손잡이를 만들어 대신한다. 기관실과 선원실은 생략하지만, 배우들이 조타실 뒤에서 나오는 것으로 설정하여 두 곳 다 조타실 아래에 있음을 알려준다. 그리고 야트막한 구조물로 위의 장치들을 둘러주어 어선 형태를 만들어주길 바라며, 그물과 각종 어구, 드럼통과 목장갑, 선원용 장화 등은 실제 사용하던 것을 구해 사용하여 주길 바란다.

그 외 병실과 부둣가 등은 보조적성격의 무대이므로 필요에 따라 간이 또는 가상의 무대로 전환시켜도 무방하다.

＊제목 칼치는 갈치의 경상도방언이다.

1장

침몰되어 뒤집어진 어선. 어두워진 무대 위로 파도와 갈매기 소리가 들려온다. 배경막에 어두운 바다 속 풍경이 투영되어진다.

고요하다.

서서히 조명 들어오면 침몰되어 뒤집어진 어선 밑바닥이 보여지는데, 흡사 경사가 완만한 민둥산을 보는 것 같다. 잠시 후, 천정 어디선가 머구리가 산소줄을 끌고 침몰어선 쪽으로 내려간다. 마치 우주인의 유영을 보는 듯하다. 숨 들이고 내쉬는 머구리의 호흡소리. 머구리, 배 밑바닥을 이리저리 살피다가 허리춤에서 망치를 꺼내 밑바닥을 두드린다. "탕! 탕!"사이."텅-텅-텅-" 작지만 또렷한 쇳소리가 배안에서 들려온다. 생존자가 있음을 확인한 머구리가 공기 방울을 일으키며 수면 위로 올라간다.

2장

병실. 조사관, 잠들어 있는 명호의 차트를 살펴본다.

조사관 혈압과 맥박 모두 정상. 큰일 당한 사람치곤 몸 상태가 좋은데.

명호 (잠에서 깨어난다) 어?

조사관 이제야 깨어났네요.

명호 (두리번거리며) 내가 왜 여기에⋯⋯.

조사관 서명호 씨죠?

명호 네.

조사관 (신분증 꺼내 보이며) 해양경찰서소속 하수민 조사관입니다.

명호 조사관이요? 도대체 무슨 일로⋯⋯.

조사관 전혀 기억 안 나요?

명호 (생각해내려 애쓴다)

조사관 서명호 씨가 탔던 삼봉호에 사고가 있었어요.

명호 (놀라) 네?

조사관 그쪽은 마침 사고해역을 지나던 어선이 발견해서 다행히 구조되었고.

명호 (당시 상황이 생각난다) 아! 맞아요. 내가 탔던 배가 침몰됐었어요. 그런데 나머지 선원들은요? 수창이, 기섭이 형, 장씨 아저씨랑 선장은요? (일어나려 한다) 미안하지만 일어나

게 좀 도와줘요.

조사관   (제지하며) 아직 움직이면 안 돼요.

명호   나머지 선원들은 어디에 있어요?

조사관   (물 한 잔 따라 건넨다) 탈수증세가 심하데요. 우선 물부터 마셔요.

명호   (물 마신다) 선원들은 어디에 있냐고요.

조사관   그러니까 바닷속…… 아니, 정확히 말하자면 침몰된 배 안에 있는지, 아님 해류를 따라 떠다니는지 모르는 상황이죠.

명호   뭐라고요? 나 혼자만 구조되었단 말인가요?

조사관   구조신고를 받고 갔을 땐, 이미 삼봉호가 침몰된 상태로 바다 위엔 기름띠만 형성되어 있었대요. 게다가 침몰지점이 깊어서 잠수사들이 가라앉은 배 위치나 실종자들을 찾지 못했어요. 지금은 어두워져서 일단 철수한 상태고.

명호   철수라니! (힘겹게 일어나 앉는다) 이봐요! 부산항에서 3시간 거리. 거제도 동북쪽 갈치어장. 당장 연락해서 구조작업 계속하라고 해요. 당장!

조사관   진정해요. 일단 철수라고 했잖아요. 날 밝으면 다시 수색 재개할 겁니다.

명호   그건 죽으라는 소리잖아! 만약 배 안에 선원들이 갇혀있다면…… 한시가 급해!

조사관   선원들이 배에 갇혀있다고 생각해요?

명호　(사이) 그럴 가능성이 있어요.

조사관　(씁쓸하게 웃으며) 가능성이라…… 글쎄요. 배가 가라앉는데도 바다로 뛰어들지 않고 모두들 배안에 남았다는 건 좀…….

명호　(힘주어) 나와 선장을 빼고, 나머지 세 사람은 선실에 갇혀 있었어요.

조사관　(뜻밖의 소리에 놀라) 갇혀요?

명호　(끄덕인다) 선상난동이 있었어요.

조사관　선장이 해경에 구조요청한 내용은…… (수첩을 뒤적인다) 기관실 해수펌프가 열려 배에 물이 찼다고.

명호　맞아요. 하지만 누군가 고의로 해수펌프를 열어놨어요.

조사관　고의로? 해수펌프는 기관장인 서명호 씨 소관이잖아요.

명호　3년 동안 외항어선 기관장도 해봤어요. 삼봉호 따원 비교도 안 되게 큰! 그런 내가 실수로 해수펌프를 열어놨겠어요?

조사관　음…… 그렇다면 해수펌프를 연 사람이 누구인지 알아요?

명호　그걸 말하면, 그 사람은 어떻게 되는 거죠?

조사관　사고원인제공자니까, 만일 살아서 돌아온다면 벌 받겠죠.

명호　그럼 얘기하지 않을래요.

조사관　지금 나랑 농담해요? 그 사람이 누군지 말 안 하면, 그쪽을 사고원인제공자로 보고할 수밖에 없어요.

명호　(망설인다)

조사관　잘못을 덮어준다고 해결될 성질의 사건이 아니잖아요.

명호	물 한 잔만 더 주세요.
조사관	(물 따라 건넨다)
명호	(천천히 마신다)
조사관	누구죠? 그 사람. (핸드폰 울린다. 자리 옮겨 받는다) 네, 오 과장님. (사이) 더 조사해봐야 알겠지만 일이 많이 복잡하게 됐어요. (사이) 지금 전화상으로 말씀드리긴 어렵고, 이따 다시 연락드릴게요. (사이) 아, 그래요? 알겠습니다. (끊는다) 반가운 소식이 있어요. 사고해역수심이 깊어서 잠수사들이 구조에 난항을 겪는다고 했더니, 선주가 침몰지점으로 선박과 머구릴 보냈다는군요.
명호	선주가요?
조사관	네. 머구리는 잠수사보다 훨씬 더 깊이 들어갈 수 있으니까 구조하는데 큰 도움이 될 거예요.
명호	(비꼬듯) 놀랍네요. 노랭이 선주영감이 웬일이지? 자기 돈까지 들여 머구릴 고용하고.
조사관	당연히 선주가 그 정도 성의는 보여야죠.
명호	선주에 대해서 잘 알아요?
조사관	아뇨. 이곳이 첫 부임지예요. 부산에 온 지 두 달 됐어요.
명호	그렇군요. 그럼 대충 조사하고 가시죠.
조사관	대충이라뇨?
명호	알고 있어요. 내가 아무리 진실을 얘기해도, 조사관님은 선주 말만 들을 거란 걸. 그러니 입 아프게 더 이상 말시키지 말고, '사고원인제공자 기관장 서명호'라고 보고하

세요.

조사관　이봐요!

명호　맞잖아요. 당신들 수법엔 이미 단련되어 있으니까.

조사관　날 함부로 판단하지 말아요!

명호　(조소) 예전에 이런 일이 있었죠. 내가 탔던 외항어선에서 큰불이 났는데, 불 지른 사람은 선장이란 직함으로 모든 죄를 나에게 뒤집어 씌웠죠. 담당조사관도 내 말은 무시하고 선장 말만 믿으려했죠. 덕분에 난 배에서 쫓겨났고. 그런데 내가 어떻게 당신을 믿죠? 그것도 갓 부임한 새파란 신참을.

조사관　내겐 사명감이 있어요. 억울한 사람이 없도록 최선의 노력을 하자는!

명호　아랫물이 깨끗하다고 윗물이 맑아지나요?

조사관　윗사람들에게 이용당할 만큼 멍청하진 않아요. 당신이 날 믿건 말건 상관없어요. 하지만 이것만은 약속할게요. 내게 진실하게 대답해주면, 나 또한 진실하게 보고서를 작성하겠어요.

명호　자신 있어요?

조사관　뭐가요?

명호　내 얘기 들어줄 자신! 좀 전에 얘기한 소신 지킬 자신!

조사관　(어이없다는 듯) 지금 뭐하자는 거죠? 난 사고관련자 조사하러 여기에 온 겁니다. 당신 얘길 들어보고 심판청구를 하든, 법정에서 의견진술을 하든, 그건 내 소관이라고요.

명호   (사이) 좋아요. 조사관님을 믿어보죠.

조사관   선원들 운명은 머구리한테 맡기고, 누가 해수펌프를 열었는지 말해 봐요.

명호   그보다 왜 선상난동이 일어나게 됐는지부터 얘기해야겠어요. 그래야 그 사람의 행동이 이해될 테니까요.

조사관   그러죠. 자, 하나부터 열까지 소상하게. 알았죠? (수첩과 볼펜 꺼낸다) 확인 먼저 할게요. 사고 당시 선원명단. 선장 박창수 45세, 선원 최수창 23세, 선원 고기섭 35세, 선원 장상길 58세, 그리고 기관장 서명호 29세 본인. 이상 다섯 명 맞죠?

명호   네.

조사관   (휴대폰으로 녹음 시작한다) 시작하세요.

명호   그러니까 삼봉호를 타고 거제도 인근 갈치어장에 도착한 지 일주일 동안 하루에 서너 시간 쪽잠 자면서 갈치를 낚아 올렸어요. 잠이 부족한 탓인지 선원들 모두 예민해져 있었죠. 그런데도 박 선장은 어획량이 부족하다며 잠시도 선원들을 가만두질 않았어요.

조사관   박 선장이 무척 드셌던 모양군요?

명호   말 그대로 경상도 사나이. 아니 스스로도 경상도 뱃놈이란 말을 듣길 좋아했죠. (회상하며) 어젠 바닷물 색깔이 맑지 않았어요. 회색 물감을 마구 뿌려놓은 듯 아주 우중충한 빛깔. 선원들은 선실에서 쪽잠 자고 있었고, 난 기관실에서 쉬며 이런저런 생각하고 있는데, 박 선장이 조타실에서 누군가에게 연락하는 소리가 들려왔어요.

바다 소리와 함께 암전.

3장

갑판. [명호의 진술에 따른 극중극]

바다 한가운데 떠있는 작은 어선이 배경막에 투영된다. 조명이 들어오면서 배경영상이 사라지고 삼봉호가 모습을 드러낸다. 선장, 선수(船首)에 서서 바다를 살피다가 갑판으로 내려가 낚싯줄을 잡아당긴다. 큼지막한 갈치가 은빛을 뽐내며 올라온다.

선장 색깔 쥑이네! 오늘 완전 날 잡았데이. (갈치를 어창에 넣고 조타실로 들어가 무전기 든다) 김 선장 뭐하노? (사이) 임마야, 선장이 그래 잠이 많아가 우야노. (사이) 뭐라? 그래도 내보단 많이 잡는다꼬? 쳇! 그라이 내 말 안하나. 니미 좆까튼 칼치 새끼들 눈깔이 다 삐었다꼬. 하하…… 만선했나? (사이) 우헤헤…… 듣던 중 반가운 소리데이. 니 만선했으믄 배 아파 뒤질 뻔했다. (사이) 이 자슥아. 내가 왜 니한테 무선쳤겠노. 오늘 밤 8시, 잊지 않았제? (사이) 마! 인자 와서 그라믄 우짜노. (사이) 뭐? 걸려? 어떤 새끼한테? (사이) 하이고 자슥아. '딱딱' 연탄불에 조개 벌어지는 소리 고마하고, 여긴 내가 다 알아서 할 테니 시간 마차 온나. (사이) 됐고! 느그 마누라 입 딱 벌어지게 챙겨 주께. 8시! 늦지 말고 온나. (무전기 내려놓는다) 김 선장 임마. 좆은 고래 좆인데, 배포는 밴댕이 좆이다. (노래반주 튼다)

'항구의 사랑'반주가 흘러나온다.

선장, 마이크 들고 구성지게 노래 부른다.

둘이서 걸어가던 남포동의 밤거리 지금은 떠나야할

슬픔의 이 한밤 울어 봐도 소용없고 붙잡아도 살지

못할 항구의 사랑 영희야 잘 있거라 영희야 잘 있거라

1절이 끝나갈 즈음 기섭이 늘어지게 하품하며 선실에서 나와 노래에 맞춰 춤춘다. 뒤이어 상길도 밖으로 나와 피곤한 듯 갑판에 주저앉는다. 2절이 끝나갈 즈음 수창이가 귀 틀어막고 선실에서 뛰어나온다.

수창	아이 쫌! 끄소!
선장	(노래반주 끈다)
수창	그놈의 영희, 영희! 지겨워 미치긋네! 도대체 영희가 누군데요?
선장	누구긴! 내 마누라다. 쌍놈의 새끼야. 여가 느그 집 안방이가? 와 퍼뜩 안 일라고 버팅기노?
수창	밤새 일하고 두 시간도 못 잤다 말입니다!
선장	니만 못 잤나? 내는 한숨도 못 잤다.
수창	그짓말. 코 고는 소리가 선실까지 들렸꾸마.
선장	눕자마자 코고는 새끼가 우째 내 코 고는 소릴 듣노.
수창	눈 닫고 귀 열고, 그래 잡니더.

선장	깝치지말고 단디 들으래이. 꽁치, 날치, 넙치, 삼치, 멸치, 다 필요 없다. 우리한텐 칼치가 왕인기라. 세상에 인정 넘치는 왕 봤나? 그놈들은 인정사정없다. 아차 싶으면 딴 데로 티뿐다. (아랠 보며) 보래이. 기섭이하고 장 씨, 졸고 있나? 칼치 안 잡고 뭐하노. (기섭, 장 씨, 꼼짝 않는다) 내 말 안 들리나?
기섭	뭐한당가? 얼른 말하시랑께.
상길	자네가 말 한다고 했잖아.
기섭	내가 언제요.
선장	뭐하노!
기섭	싸게요!
상길	(일어나 선장을 바라본다) 저기…… 박 선장.
선장	와예?
상길	그러니까 그게…….
선장	퍼뜩 말하소. 칼치 다 도망가겠네.
상길	(기섭을 바라본다)
기섭	(어서 말하라고 재촉한다)
수창	(담배 꺼내 문다)
선장	문디자슥 팍! 작업한다꼬 말 안 했나!
수창	(투덜대며 담배 집어넣는다)
선장	뭔데? 퍼뜩 말하소.
상길	자동차도 기름을 넣어줘야 움직이잖아. 그러니까 그게…….

선장	밥 묵고 일하자 이 말이라예?
상길	응.
선장	배 하루이틀 탔소? 어데 고기잡이배가 밥 때 정해놓고 일하노. 이래 어영부영 칼치 다 노치뿌믄 장 씨가 책임질꺼요? 고기부터 잡고 무소.
상길	그, 그치? (고무장갑 찾아 낀다)
기섭	(상길에게로) 아따 그 말이 아니잖아요.
상길	박 선장 화났어. 난 말 못해. 자네가 해.
기섭	위메 환장허것네. 낼 모래면 육십인 양반이 뭐가 무섭다고 입도 뻥끗 못한디야.
수창	그럼 기섭이 행님이 얘기하면 되지.
기섭	미쳤냐. 장 씨 형님이 내기에서 졌는디, 왜 내가 한다냐?
수창	헤헤…… 다들 뭐 무섭다고 이 난리고. 내가 할께요.
기섭	그럴래? 수창아. 선장 승질 건들지 말고 조근조근 말해라잉. 알긋냐?
수창	걱정마소. (조타실 앞으로 간다) 선장아저씨!
선장	(창문으로 얼굴 내민다) 즈 새끼. 또 아저씨라카네. 와?
수창	기섭이 행님이 할 말 있답니더.
기섭	저런 염병헐 새끼!
선장	기섭이 이리 온나.
기섭	(선장 눈치 보며 조타실 앞으로 간다)
선장	뭐꼬?
기섭	거시기…….

선장	거시기 뭐?
기섭	긍게 거시기…….
선장	니, 또 파이프 새나?
기섭	(두 손으로 가운데 가리며) 아뇨. 이 거시기말고요.
선장	그럼 뭐? 시간 없다. 퍼뜩 말해라.
수창	행님이 밀린 월급 달랍니다.
선장	난 또 뭔 소리라꼬. 항구로 드가면 준다 안 켓나.
수창	헷! 그 말을 또 믿으라고? 일주일 동안 어창에 칼치 반도 못 채웠는데, 우에 줄랍니까?
선장	야이 새끼야. 저기 꼬불거리는 칼치 안 보이나? 저게 다 돈이다. 오늘 작업만 하면 어창에 칼치가 꽉꽉 들어찰끼다.
상길	(비꼬며) 그 소리 듣고 허탕친 게 어디 한두 번이야.
선장	뭐라꼬? 장 씨 지금 뱃놈 박창수를 무시하는교?
상길	내가 언제 박 선장을 무시했다고 그래.
선장	그기 그 말 아닌교. 기섭아!
기섭	예.
선장	니는 내 믿제?
기섭	물론 인간적으로는 선장님을 믿지만서도, 먹고 사는 문제가 눈앞에 떡허니 다가온게, 공과 사를 떠나서…….
상길	(조타실로 다가오며) 벌써 두 달 나 밀렸어. 더 이상은 못 기다려. 선주한테 꿔서라도 받았으면 좋겠어.
선장	택도 없데이! 선주를 몰라? 그 영감 사채업자보다 더 한 인간이라.

기섭	그럼 은행대출이라도 받아서 줘불던가.
선장	니, 내 약 올리나?
수창	기섭이 행님. 파산직전이랍니더.
선장	장 씨! 기섭아! 내 쫌 살려도.
기섭	선장님이 아무리 그래도. 밀린 월급 받기 전까진 작업 안 키로 약속해부렀네요.
상길	맞아. 말라비틀어진 쉰밥에 김치 쪼가리로 배 채우고, 토막잠 자는 것도 참을 수 있어. 하지만 더 이상은 돈 못 받으면서, 일 못하겠어. 나도 이제 환갑을 바라보는데 따듯한 방 한 칸이라도 마련해야하잖아.
선장	장 씬 내 사정 뻔히 알면서 이랄낀교? 서울역서 노숙하던 인간 받아줬더만, 인자 배때기가 불러 돈돈하고 있꾸마.
상길	왜? 노숙했던 사람은 돈돈하면 안 되나? 그리고 날 부산으로 데려와 배에 태운 건, 선주님이지 박 선장이 아냐.
기섭	맞당께. 떠돌이인 나도 선주님이 이 배럴 타라고 허니께 탔지. 워떤 미친놈이 월급도 제대로 받지 못하는 배럴 타것어.
수창	하모. 내도 한 집에 세 들어 사는 명호 형 부탁으로 우짜지 못하고 탔으니까.
선장	다들 억지로 삼봉호에 탔다 이거제? 월급쟁이 선장은 홍어좆이라 이거제?
기섭	근디! 만만한 게 홍어좆이여! 괜히 기분 요상시러워지게.

수창	우야꼬 선장아저씨 편이 하나도 없네. (손가락에 침 묻혀 바람 읽는다) 바람도 차고, (하늘 보며) 먹구름도 끼고, 태풍 오 긋다. 오늘 작업 끝! 지금부터 내는 잘 테니까 깨우지 마소. (선실로 내려가려 한다)
선장	좋은 말로 할 때 돌아서라이.
수창	와요? 또 칠라꼬? (바닥에 침 뱉는다) 치소! 항구로 돌아가면 폭행범으로 고소할라니까.

선장, 내려가서 수창이의 멱살을 잡아끌고 갑판으로 가서는 바닷물에 밀어 넣으려한다.

선장	야이 개새끼야!
수창	이, 이거 와 이라노!
선장	자식 같은 새끼라 오냐오냐 해줬드마, 뱃놈 무서운지 모르고 지랄이데이. 함 죽어봐라! (배 밖으로 쭉 밀며) 니 하나 바다에 던져뿌고 실족사라 신고하면 그만이다.
기섭	(상길을 떠밀며) 오메 저러다 진짜 바다에 던져불것네. 언능 좀 말려요.
장씨	(마지못해) 이, 이봐 박 선장. 수창이가 장난삼아 한 얘기잖아.
선장	손 치우소! 내는 장난 아니다. 배 위에선 선장이 왕이다! 내 말 안 듣고 딴죽 피우는 놈 필요 없다!
수창	사, 살려주이소. 수, 수영 몬 한다.

선장	죽든 말든! 물속에서 숨도 쉬기 전에 칼치들이 조각조각 뜯어 묵겠지.
수창	선장님!
선장	뭐라카노 개새끼! 인자 선장님이라 카네. 장 씨도 험한 꼴 안 당할라카믄 어린새끼 편들지 말고, 어서 칼치나 잡아 올리소.
상길	아, 알았어. (작업위치로 뛰어가서 갈치를 잡아 올린다)
기섭	(기관실로 뛰어간다) 명호야! 뭣허고 있냐? 언능 나와 봐야. 언능!
명호	(기관실에서 나온다) 왜 그래요?
기섭	(갑판을 가리킨다) 쩌그!
명호	(깜짝 놀라 달려가서 선장을 말린다) 선장님! 이 손 놓으세요.
선장	당장 해경에 연락해! 스물셋 처먹은 건방진 선원새끼가 방금 실족사 했다꼬.
수창	며, 명호 형! 내 쫌 살려도.
선장	위아래 없이 시건방떠는 이따위 개새끼!
수창	(울먹이며) 자, 잡을게요. 칼치 잡는다꼬!
명호	그만하세요. 수창이도 이젠 알아들었을 거예요. (수창에게) 군소리 않고 작업할 거지?
수창	하모!
선장	(수창일 풀어주며 엉덩이를 냅다 걷어찬다) 내려가서 뱃속에 쑤셔 넣을 밥이나 차리라!

수창이 눈물 닦으며 선실로 내려가고, 기섭은 미끼로 쓸 냉동 꽁치를 조각낸다.

선장   기섭이도 수영 못 하제?

기섭   (침 꿀꺽) 예.

선장   그라마 딴 생각 말고 열심히 일해야제. 그쟈?

기섭   (탁–탁– 소리 내며) 예! 그라지요.

상길   (선장과 눈이 마주치자 화들짝 놀라 낚싯줄을 잡아당긴다)

선장   명호. 내 쫌 보자. (조타실 앞으로 데리고 간다) 지금부터 선장 대 기관장이 아이라 남자 대 남자로 말할 게 있다. 알고 지내는 선장 하나가 밤 8시에 배 몰고 이리 올 끼다. 니는 아무 소리 말고 어창에 있는 칼치, 그 배로 다 넘기라.

명호   갈치를 넘기다뇨?

선장   쉿! (뒤를 살피고는) 운반료 떼주고, 니캉내캉 7대 3! 됐제?

명호   그건 선주님하고 계약에 위배되는.

선장   봐라, 선주는 큰 배만 열 척이 넘는다. 칼치 한 번 빼돌렸다꼬 표 안 난다. 어차피 어획량에 따라 그 영감하고 나누기로 했는데, 그만한 손실수당은 미리 챙기야 안 되겠나. 내도 고민 끝에 니한테 얘기하는 기라. 아무도 눈치 못 채게 혼자 묵을 수도 있지만, 니캉내캉 오랫동안 함께 배를.

명호   (싹뚝 말 자르며) 지금 얘긴 못 들은 걸로 하겠습니다.

선장   (힘주어) 벌써 잊었나? 니 외항선원으로 일하다가 큰 사고

내서 쫓겨난 거 말이다.

명호 그 얘길 왜 또 꺼냅니까?

선장 니하고 작업하믄 사고난다꼬 해서 아무도 배에 안 태울라켓다. 맞제? 그래가 영하 60도 냉동선에서 사람몸뚱이만한 냉동 참치 하역작업한다꼬 을매나 고생했노. 그런 니를 사정사정해서 선주영감한테 보증까지 서면서 이 배에 태운 게 누고? 말해 봐라.

명호 이러려고 태웠어요?

선장 허허 자슥. 인천에서 부산으로 와가 고생하는 니 돈 쫌 벌라꼬 태웠데이. 내년이면 서른인데 장가 갈라믄 전셋집이라도 마련해야잖아. 이래 배만 타선 전셋집은 고사하고, 가시나랑 데이트 할 비용도 못 번다. 명호야. 지금 칼치가 끝물이라 금값이다. 처음이라 어렵지, 이 짓도 함 하고나면 암 것도 아이라. (손 내민다) 잡아라.

명호 (거절한다)

선장 이 바닥 좁다. 내 말 한마디면 니, 다시는 배 못 탄다. 잡아라.

명호 (마지못해 손잡는다)

선장 (씨익 웃는다) 아무리 목말라도 선실 식수통 물은 마시지 말고 여기 있는 물 마시라.

명호 그건 왜요?

선장 이유는 묻지 말고 시키는 대로 해라. 이게 다 니를 위해서 그라는 기다.

이때, 수창이가 선실에서 식수통을 들고 나와 선수(船首)로 가서 식수를 바다에 쏟아버리려 한다.

선장   절마 미칫나! (급히 다가간다)

수창   가까이 오지마소! 물 묵고 싶으믄 당장 항구로 델따 주던지, 아이믄 순찰선 부르래이. 내는 그거 타고 갈 끼다.

선장   알았다. 니 말 다 들어줄 테니까 어서 그거 내려놔라.

수창   아저씬 빠지소! 바다에선 물 가진 놈이 왕이데이. 그러니까 지금부턴 내가 이 배 선장이다. 기관장! 시동 걸어라. 퍼뜩!

명호   너 왜 자꾸 이래? 오늘만 참아. 내일 아침이면 항구로 돌아갈 거야.

수창   그짓말! 인자 행님 말도 못 믿는다. 삼 일만 일하면 항구로 델따 준다캐노코, 벌써 일주일이 지났다. 조오또! 칼치 한 마리 몰래 튀겨 묵으다꼬 장화발로 걷어차고. 두고 봐라! 저 사람, 폭력범으로 신고할 끼다.

선장   지랄한다. 물 한 방울이라도 쏟아버리뿌믄 돈 한 푼 없다. 항구로 돌아가면, 선상난동 죄로 니는 바로 구속이야 새끼야!

수창   (잠시 머뭇거리다) 잡아가라캐라! 씨발, 중학교 때부터 학교보다 경찰서를 더 많이 들락거려서 하나도 안 무섭다!

물을 쏟아버리자 선장이 뛰어가서 수창의 멱살을 잡는다.

그쪽으로 몰려드는 선원들. 조명 꺼지면서 반대편에 스포트라이트.
조사관 통화하고 있다.

조사관   급하다니까요. 오늘 저녁까지 삼봉호에 탔던 선장하고
선원들 신상 자세히 알아봐줘요. (사이) 아뇨. 서명호의 진
술을 듣고 있는데, 이건 단순한 침몰사건이 아닌 거 같
아요. 아, 그리고 서명호에 대해서 좀 알아봐주세요. 오
과장님. (사이) 여기요? 병원 매점이요. 갑자기 라면이 먹
고 싶다고 해서. 참, 선주가 보낸 머구리한테선 연락 없
었어요?

스포트라이트 꺼진다.

4장

부둣가. 늦은 오후. 선주, 바닷바람 맞으며 누군가와 통화하고
있다.

선주 그랬나? 또 다른 얘긴 없제? (사이) 알았다. 내 뒤 봐준다
꼬 늦게까지 고생이 많다. 이번 일 끝나면 갈치조림 함
묵자. (사이) 아, 그렇나? 이번 일요일이 어무이 칠순이야?
(사이) 어데. 내가 가면 오 과장 입장 난처해진다. 내일 사
람 하나 보낼게. 어무이 옷 한 벌 해드리라. 응, 오늘은
이만 끊자. (끊는다) 여기저기 온통 쥐새끼들뿐이다.

안팀장 (다가온다) 날도 차가운데 왜 나와 계세요?

선주 어, 안 팀장 왔나?

안팀장 사무실에 갔더니, 아마 여기 계실 거라고.

선주 내는 여만 오면 기분이 좋다. 자식 같은 내 배들이 있는
데, 우찌 기분이 안 좋아지겠노. 그쟈?

안팀장 (마지못해 미소)

선주 명호는 우짜고 있노?

안팀장 상태가 많이 좋아지고 있다던데요.

선주 음…… 뽑아왔나?

안팀장 (가방에서 서류를 꺼내 건넨다)

선주 (서류 보며 흡족하다) 하하하! (뿌듯하다) 안 팀장 보릿고개 들

어봤나?

안팀장   교과서에서 봤어요.

선주   (회상하며) 그땐 무도 무도 배고픈 시절이었다. 새카만 꽁보리밥에 물려, 과일이라도 묵고 싶으믄 시장바닥에 나뒹구는 썩은 사과와 곰팡이 핀 복숭아를 주워 묵었고, 생선 묵고 싶으믄 구더기 꿈틀거리는 고등어대가리와 대구내장을 끓여 묵었지.

안팀장   이젠 부자가 되셨으니, 다 추억이겠네요.

선주   틀렸다. 내한테 굶주림은 아직 현실이다. 내는 무도 무도 배가 고프다. 뭔 말인지 아나?

안팀장   네, 걱정 마세요.

선주   이번 일은 작년 일과는 비교도 할 수 없다. 단디해라.

안팀장   예!

선주   니도 돈 많이 벌어라. 사람이 가난하게 살믄 시끄러운 시장에 나가도 아는 체 하는 놈 없고, 넉넉하게 살믄 산속에 살아도 먼 친구가 찾아든단다. 그게 세상인심이다. 돈! 그게 진리고 법인기라.

안팀장   네, 명심할게요. 선주님도 저랑 약속한 거 잊지 마세요.

선주   내가 니한테 뭘 약속했노?

안팀장   또 이러신다. 보험금의 10퍼센트 현금으로.

선주   그랬나? 허허…… 내가 미칫데이.

안팀장   또, 기존의 모든 보험 저한테 돌려준다고 했잖아요.

선주   그래 많이 챙겨준다꼬 했나. 쪼매만 깎자.

안팀장 사람 목숨 값은 깎는 게 아니죠.

선주 허허…… 그건 니 말이 맞다. 니 올해 몇이고?

안팀장 여자 나이 묻는 건 실례인데.

선주 좋은 신랑감 소개시켜 줄라꼬 그런다.

안팀장 서른일곱이요.

선주 그럼, 남자 쫌 만나봤겠네.

안팀장 (피식 웃는다)

선주 니, 돈 없지만 잘생긴 젊은 남자가 좋나, 아니면 돈 많은 늙은 남자가 좋나?

안팀장 당연히 잘생긴 젊은 남자죠. 돈은 저도 벌만큼 버니까.

선주 알았다. 돈 많고 잘생긴 젊은 놈으로 함 알아봐줄게.

안팀장 어머나, 점쟁이가 가을에 귀인이 도와줄 거라더니, 그게 바로 선주님이셨네. 그런데 돈 많은 늙은 남자는 누구예요?

선주 궁금하나?

안팀장 그럼요.

선주 내다.

안팀장 뭐라고요? 호호…….

선주 (은근히 안 팀장 허리 잡으며) 남포동 갈래?

안팀장 (살짝 벗어나며) 아직 할 일이 많아요.

선주 와 내만 만나면 바쁘노.

안팀장 아직 입금이 안 돼서 그런가보죠. 호호…… (저리로 가며) 머구리한테서 연락 오면 전화주세요. (퇴장)

선주 　독한 가시나. 바다 속에 네 명이나 처넣었는데도, 눈도 깜짝 안 한데이. (핸드폰 울리자 확인하고 받는다) 내다. 배 찾았나?

반대편에 있는 머구리에게 조명 비춰진다.

머구리 　말도 마십쇼. 수심 50미터 깊인데도 어찌나 물살이 세던지, 캄캄한 물속에서 손 더듬거리며 겨우 찾아냈습니다.

선주 　욕봤다. 부표 표시하고 항구로 돌아온나.

머구리 　그런데 한 번 더 내려가야 할 거 같은데요.

선주 　와?

머구리 　선원들이…… 살아있는 거 같아요.

선주 　뭐! 지, 지금 뭐라카노!

머구리 　내가 배 밑창을 망치로 "탕- 탕-" 두들기니까, 좀 있다가 안에서 작게 "텅- 텅-"하는 소리가 들려왔어요. 아마, 여럿 살아있을 겁니다.

선주 　그, 그래? 봐라, 니 경찰한테 연락했나?

머구리 　그래서 전화 드렸잖아요. 어떻게 할까요?

선주 　우짜긴! 내랑 약속한 거 잊었노?

머구리 　아뇨. 그런데 다 죽었다고 생각하고 내려가 보니, 선원들이 살아있다 이 말입니다. (조심스럽게) 구조작업 할까요?

선주 　됐다! 아무것도 하지 말고 그냥 가마이 있으라.

머구리 　선원들이 살아있다니까요.

선주	니 말을 우에 믿노.
머구리	건져내오면 되잖아요. 지금 다시 들어갈게요.
선주	임마! 니 미칫나!
머구리	미치다뇨? 선원들 구조하겠다는데…….
선주	나대지마래이! 니는 상황파악만 하라꼬 돈 주는 기다.
머구리	난 말입니다. 모르는 개가 길에 쓰러져있어도 병원에 데려가 치료해주는 사람입니다. 그런데 짐승도 아니고, 사람들이 살아있는데 모른 척 내버려둬요?
선주	마, 시끄럽고! 조 선장 바까라.
머구리	(뒤돌아보며) 조 선장 잡니다.
선주	글마는 하루종일 잠만 처자노. 깨워라!
머구리	그럼 나는 조 선장 바꿔주고, 해경에다 살아있다고 무전 칠게요.
선주	이노무 새끼!
머구리	(떠보듯) 참 이상하시네. 선원들 구해주겠다는데, 왜 자꾸 욕을 하실까.
선주	(꾹 참으며) 얼말 원하노?
머구리	날 뭘로 보고 그럽니까?
선주	(화가 치솟아) 니 증말 이럴래! 확 마, 내 그리 달리간다!
머구리	(넌지시) 시키는 대로 하면…… 돈 더 줄 겁니까?
선주	큰 거 한 장.
머구리	조 선장 바꿔줄게요.
선주	두 장! 됐나?

머구리	석 장!
선주	뭐? 이 문디자슥!
머구리	사람들 목숨 가지고 거래하는데, 그 정도는 챙겨주셔야죠.
선주	알았데이. 내일까지 꼼짝 말고 거서 기다리고 있으래이.
머구리	네. 그런데 내일 아침까지 입금 안 되면, 바로 해경에 연락할 겁니다. 아셨죠?

머구리를 비추던 조명 꺼진다.

선주　이를 우야면 좋노. 그냥 놔둘 걸. 조바심에 괜히 머구릴 보내서 일을 더 크게 만들었데이. 음…….

암전.

5장

병실. 조사관, 컵라면을 들고 병실로 들어온다.

조사관   어머. 아직 몸도 성치 않은데 어디로 간 거야? (침대에 걸 터앉는다) 정말 이상해. 바다에 빠져 구사일생으로 살아나 서 가장 먹고 싶었던 게 라면이라니. 많은 음식 중에 왜 하필 라면일까? 하긴, 나도 죽을 고생하며 지리산에 올 라가 가장 먹고 싶었던 게 라면이었으니까. 극심한 고통 을 당한 후에 쉽고 빠르게 배를 채워줄 수 있어서 그런 가? 게다가 뜨끈한 국물이 있어서 뭔가 따듯해지는 기분 도 들고. (잠시) 사람이 굉장히 순수해. 아직도 이런 종류 의 남자가 살고 있다니. (금세) 어머, 이럼 안 되지. 조사하 는데 사심을 끼워 넣다니.

명호   (링거걸이 밀면서 들어온다)

조사관   어디 갔다 와요?

명호   어머니가 걱정할까봐 전화했는데, 배가 침몰한 사실도 모르고 계시더군요.

조사관   사무실에서 연락하지 않은 모양이네요. 이리로 내려오 신데요?

명호   아뇨. 걱정하실까봐 사고 얘긴 꺼내지도 않았어요. 그리 고 내려왔다 올라가면, 어영부영 이틀이나 장사를 못하게 되잖아요. 지금이 손님이 가장 많을 땐데.

조사관　소래포구에서 새우젓 장사하시죠?

명호　벌써 그런 거까지 조사했어요?

조사관　어쩔 수 없어요. 내 직업이니까. (컵라면 건네준다)

명호　미안해요. 이런 심부름까지 시켜서.

조사관　그러게요. 조사하러 와서 라면심부름까지 하게 될 줄 몰랐네요. 어서 먹어요. 먹고 기운내야 다시 시작하니까.

명호　(의자에 앉아 맛있게 먹는다)

조사관　컵라면 사다준 거 간호사한테 얘기하면 안 돼요.

명호　(국물 마신다) 아~ 이제 좀 살 것 같네요.

잠시 후, 교복 차림의 지영이가 병실로 들어와 명호를 알아본다.

지영　아저씨!

명호　(깜짝 놀라) 어? 지영아!

지영　(명호에게 달려가 와락 안긴다)

조사관　(갑작스런 상황에 당황한다)

지영　우리 오빠야는요?

명호　……．

조사관　누구에요?

명호　수창이 여동생이에요.

조사관　아, 그래요? 이리 앉아요. (지영이를 다독이며 의자에 앉힌다)

지영　아저씨. 우리 오빠야 살아있죠? 예?

명호	그게…… 구조작업 중이니까 조금만 더 기다리면,
지영	경찰서 가도 구조작업 중이다, 사무실 가도 구조작업 중이다, 병원에서도 구조작업 중이다, 배 까라 앉은 지 하루가 다 돼가는데, 언제까지 구조작업만 할 낀데요?
조사관	학생. 침착하게 내 말 좀 들어봐요.
지영	오빠야가 죽었는지 살았는지도 모르는데 우에 침착해요! 그리고 우리 오빠야 명호아저씨보다 더 젊고 힘도 센데, 배에서 왜 못나왔어요? 예?
조사관	어쩔 수 없는 상황이었어요. 그렇지만 희망을 갖고.
지영	뭔 희망요? 여 오기 전에 해운대 가서 발 담가 봤어요. 양말 신고 담가도 차가른데, 뭔 희망요? 그리고 언닌 누구에요? 아저씨랑 얘기하는데 왜 자꾸 끼어들어요?
명호	지영아. 이 분은 우릴 도와주려고, 해양경찰서에서 나온 분이셔.
지영	그래요? (손잡으며) 언니. 우리 오빠야 쫌 살려주세요. 내 대학입학금 번다고 배 탔어요. 우리 오빠 죽으면 나도 대학 못 가요. 오빠 죽은 돈으로 어떻게 대학 가요. (흐느껴 운다)
조사관	(등 두드려주며) 걱정 말아요. 아마 꼭 살아있을 거예요.
지영	(점점 더 흐느끼며) 우리 오빠야 아직 살아있겠죠? 그죠? 언니! 이렇게 빌게요. 해경아저씨들한테 빨리 쫌 우리 오빠야 구조해 달라고 해주세요.
조사관	(안아주며) 알았어요. 매시간 체크할 테니까, 너무 걱정 말

고 집에 가서 기다려요.

명호 할머니는?

지영 수면제 먹고 주무세요. 주무시다가 깨면 수면제 먹고, 또 깨면 수면제 먹고…… 근데 주무시면서도 막 울어요. 오빠가 배 탄다고 할 때 말렸어야 했다믄서.

명호 미안해…… 정말 미안해…….

지영 아뇨. 아저씨도 우리 도와줄라꼬 그런거잖아요. (주머니에서 작은 병 꺼낸다) 청심환이에요. 아저씨 많이 놀랐을 거라고 할머니가 갖다 주래요. (건네주고 일어난다)

조사관 음료수라도 하나 마시고 가요.

지영 싫어요. 당분간 물도 못 마실 거 같아요. 아저씨, 작년에 내한테 이런 말한 적 있죠? '무언가 간절히 바라면, 그것이 하늘을 감동시켜서 꼭 이루어진다고' 오빠야가 구조될 때까지 성당에 나가 기도할래요. (나간다)

창가로 가서 힘없이 창밖을 바라본다.

조사관 (지영이가 나간 곳을 바라보며) 이럴 때가 가장 난감하죠. 어떻게 될 거란 걸 뻔히 알면서도…….

명호 (울먹이며) 내 잘못이야. 배 멀미가 심하다는 앨 억지로 배에 태웠어. 병원엔 내가 아니라 수창이가 누워있어야 하는데…….

조사관 (다가가 다독이며) 좋은 뜻으로 그런 거잖아요. 너무 자책하지 말아요.

명호 박 선장이 수창일 때리는 걸 알면서도 그냥 참으라고만 했어요. 수창인, 일주일 동안 참다, 참다, 결국 난동 부렸던 거고.

조사관 (핸드폰 울린다. 받는다) 네 오 과장님. (사이) 네? 정말요? (착잡하다) 모르겠어요. 여긴 시간이 좀 더 걸릴 거 같아요. 네. 조사 끝나는 대로 연락할게요. (끊고는 조심스럽게 말을 꺼낸다) 선주한테서 연락이 왔대요.

명호 어떻게 됐대요?

조사관 머구리가 들어가 봤는데…….

명호 모두 살아있죠? 그렇죠?

조사관 (고갤 가로젓는다)

명호 죽었…… 어요? 모두?

조사관 (끄덕인다)

명호 (탄식처럼) 아! 결국!…….

조사관 내일 크레인선을 동원해서 인양하겠답니다.

명호 다 죽었는데, 이제야 인양하겠다고! 처음부터 크레인선을 띄웠으면 살 수도 있었어! 고기나 잡는 어부라고, 어느 한 새끼 신경 안 썼어. 돈 있는 사람들이었으면 이렇게 하겠어? 사람 생명은 모두 귀한 거잖아. 나만, 나만 그렇게 생각하는 거야? (링거 잡아 뺀다) 이게 뭐야! 나만 살아서 따듯한 병실에서…….

조사관 진정해요!

명호　가야겠어. 정말로 죽었는지 내가 직접 확인해야겠어. (일어나다 쓰러진다)

조사관　(부축하며) 이 몸으론 병원 밖으로 나가지도 못해요.

명호　놔! (분노에 차서) 이게 다 선장 때문이야! 아무리 용서하고 싶어도 그 새끼 용서할 수 없어. 다 말하겠어. 배에서 일어났던 진실을 모두! 죽은 선장을 처벌할 방법이 있나요?

조사관　(끄덕인다) 불명예.

명호　그 새끼 선장이란 호칭도 아까워. (비틀거리며 무대 앞으로 나간다) 사고 나기 한 시간 전에 해상에는 안개가 자욱했죠. 겨우 십여 미터를 볼만큼. 참 이상했죠. 갈치란 놈은 눈이 밝아 맑은 날에 미끼를 잘 무는데, 어젠 어두워서 아무것도 보이지 않았을 텐데도 낚는 족족 올라왔어요.

암전.

6장

갑판. [명호의 진술에 따른 극중극]

저녁 무렵. 안개가 짙게 깔려있다. 상길이 갈치를 낚아 올리면 기섭이가 나무상자에 차곡차곡 담는다. 수창인 얼굴 한쪽이 멍든 채 냉동꽁치를 조각내고 있다. 선장은 조타실 의자에 앉아 졸고 있다.

기섭 니미. 넘들은 뜨끈헌 방바닥에 앉아 마누라가 차려주는 저녁밥 먹을 시간에 난 이게 뭐허는 짓인지 몰러.

수창 부러우면 행님도 장가 가소.

기섭 장가는 혼자 가냐? 여자가 있어야 가제.

수창 용궁다방 미쓰 정 있잖아.

상길 아무리 궁해도 미쓰 정은…… 웬만한 뱃놈들은 그 애 배위에서 헐떡거렸잖아. 그런 애랑 결혼할 기섭이가 아니지. 안 그래?

기섭 안 그래요. 까딱 잘못허다간 형님처럼 평생 혼자 살 판인디.

상길 이거 왜 이래! 나도 가정이 있었던 사람이야.

기섭 좌우지당간! 나도 이제 나이가 들어서 그런가, 이젠 떠돌이 생활 더는 못 허것다 이 말이요. 따지고 보면 과거 없는 여자 워딨어. 현재가 중헌겨. 미쓰 정! 쫌만 기다려, 항구로 돌아가면 뜨겁게 사랑해줄 것인게. 수창이 니도 시방부터 형수님이라고 불러야헌다잉.

수창   돌았나. 내랑 동갑인 가시나한테 형수님이라꼬?

기섭   헤헤…… 어쩔 것이냐. 미쓰 정은 곧 내 마누라가 될 것
인디.

수창   그야 그렇지만서도…… (냉동꽁치를 칼로 내리친다) 행님아.
고백할 게 있다.

기섭   뜬금없이 뭔 고백?

수창   화 안 낸다꼬 약속해라.

기섭   썩을 놈. 들어봐야 화내던가 말던지 하제.

수창   됐다. 행님 화낼 꺼 같다.

기섭   알았어. 하도 당하고만 살아서 이젠 엥간한 일엔 화도
안 나. 뭔디?

수창   (망설이다가) 내, 미쓰 정하고 잤다.

기섭   (멈춘다) 뭐, 뭐여? 그게 뭔 소리여?

상길   무슨 소리긴. 수창이가 티켓 끊었단 얘기지.

기섭   그걸 누가 몰라서 묻남!

수창   화 안 낸다믄서.

기섭   긍께, 너랑 나랑 구멍동서지간이다 이거여?

수창   (끄덕인다)

기섭   언제부터? 몇 번 잤냐?

수창   그딴 게 뭐가 중요하노. 다 지난 과건데.

기섭   그거슨 아직 내게 현재여! 언능 대답혀.

수창   한 달 전부터, 열한 번.

기섭 뭐, 뭐시여? 여, 열한 번? 이런 옘병! (달려들려고 한다)

수창 (벌떡 일어나 칼 내밀며) 와 이라노! 칼 안 보이나? 미쓰 정이 행님 꺼라고 호적에 올린 것도 아이고, 아무나 돈 내고 묵으면 되잖아.

상길 그건 수창이 말이 맞아. 그게 직업인 애한테 순정을 기대할 순 없잖아.

기섭 모르는 소리 말랑께! 다신 티켓 끊지 말라고 한 달 전에 오백 췄단 말이요. (털썩 주저앉는다) 잡년! 나랑 살고 싶다며 아양 떨던 건 다 거짓말이었네잉.

상길 쯧쯧…… 순진한 노총각을 어찌할꼬.

수창 행님. 그래도 미쓰 정 그 가시나, 의리 있다. 열한 번 중에 세 번은 공짜로 해줬다.

기섭 이런 씨벌……! 재능기부꺼정 하셨구마이.

명호, 기관실에서 나와 조타실을 흘끔 보고는 갑판으로 나온다.

명호 일 안 하고, 뭘 그렇게 재밌게 떠들고 있어요?

기섭 명호야. 항구로 돌아가면 수창이 저 새끼 간통죄로 고발해야 쓰것다.

수창 헤헤…… 간통죄 없어졌잖아. 임자 없는 배 좀 저어준 거 가지고.

기섭 (일어나 작업하며) 열한 번이 좀 저어준 거여? 넌 말이다. 저어도 아주 심하게 저어부렀어.

명호	(수창이 일을 도와준다)
상길	아까 선장하고 무슨 얘길 그렇게 심각하게 나눴어? 표정이 꽤 어둡던데.
명호	그냥 뭐, 엔진점검 소홀히 했다고 야단맞았어요.
상길	지가 뭘 안다고. 아무리 원양어선에서 사고 내고 쫓겨난 이력이 있다 해도, 그 방면엔 박 선장보단 니가 더 낫지.
수창	뭔 소리고? 명호 형. 원양어선에서 사고 냈나?
기섭	형님도 참, 다 지난 일인데 왜 자꾸 옛날 얘길 꺼내 쌌소.
상길	아니 뭐, 그 사고 때문에 선장이 못 믿는 거 아니냐 이 말이지.
명호	(씁쓸한 미소)
상길	(멋쩍다) 내가 괜한 소릴 했나보네. 그런데 혹시 박 선장한테 나도는 소문 들었어?
명호	어떤 소문이요?
상길	(조타실을 흘끔 보고는) 삼거리 대포집 과부댁이 그러는데, 작년 이맘때 박선장이 선원들 배 삯을 모두 떼먹었다데.
수창	(칼로 꽁치를 내려치며) 진짜!
명호	뜬소문이겠죠.
기섭	아녀. 나도 들었어. 작년에 제주도 서쪽바다에서 열흘 동안 잡은 갈치를 싣고 항구로 돌아와본께, 어창에 가득 있어야할 갈치가 절반이나 비어있더랴.
수창	답 나왔다. 웨이터들 맥주 빼돌리듯 칼치를 빼돌렸꾸마.
기섭	박 선장은 원래 어창에 반 밖에 없었다고 딱 잡아떼고,

선주는 비싼 기름만 버렸담서 선원들을 고소허겠다고
지랄했다는 겨. 힘없는 선원들이 어쩌겄어. 땡전 한 푼
못 받고 고향으로 돌아갔다지 뭐여.

상길 막말로 망망대해에서 일어난 사건인데 어디다 하소연
하겠어. 게다가, (하는데 다리에 낚시 바늘이 찍힌다) 아악!!

상길의 비명소리에 졸고 있던 선장이 잠에서 깨어 조타실에서 나
온다.

명호 (얼른 칼로 낚싯줄을 끊는다) 누우세요.

상길 으……. (눕는다)

기섭 저걸 어쩌냐. 낚시 바늘이 허벅지에 꽉 박혀 부렀네.

선장 뭐꼬? (다가와 본다) 에헤, 조심 쫌 하지.

명호 수창아. 선실로 가서 붕대하고 약 좀 가져와.

수창 응! (선실로 내려간다)

명호 이 꽉 무세요. (낚시 바늘을 빼낸다)

상길 으윽!

선장 다 늙어가지고 엄살은…… (수건 던져주며) 피나 닦으소.

기섭 형님 괜찮소?

상길 아직…… 다리에 감각이 없어.

선장 (바다를 내려다보며) 하…… 우야면 좋노. 장 씨 때문에 칼치
다 놓쳤다.

상길 미안해. 잠깐 한 눈 파는 사이에 그만…… 더 열심히 일

할게.

선장 그런다꼬 도망간 칼치가 돌아오나? 칼치 한 마리에 을만데. 다 필요 없고, 놓친 칼치만큼 임금에서 뺄 테니 그리 아소.

상길 그건 너무하잖아. 내가 일부러 그런 것도 아니고.

선장 눈 깜짝할 사이에 수십 만 원이 사라져 버렸는데, 우에 그냥 넘어가노.

기섭 에이, 수십 만 원까진 아닌디.

선장 확! (손들어 칠 기세다)

기섭 (움찔한다)

명호 선장님. 장 씨 아저씨 몫까지 제가 더 일할 테니까 없었던 걸로 해주세요.

선장 안 된다. 쫌만 기다려 달라캐도 밀린 임금 달라꼬 쌩 난릴 치는데, 내도 장 씨 사정 못 봐준다.

명호 그럼 그만큼 제 임금에서 제하세요.

상길 아냐, 명호야. 박 선장 그냥 내 몫에서 까.

선장 참 나. 알았다. 기관장이 이래 나오는데 내가 우얄끼고. 얼른 약 바르고 다시 일하소.

수창 (선실에서 나온다) 붕대하고 약.

명호 (붕대와 약을 받아 상길의 상처를 치료해준다)

"삼봉호 박선장" 박 선장을 찾는 무전소리.

선장 즈 새끼는 와 또 무전치고 지랄이고. (조타실로)

상길 나서줘서 일이 잘 해결됐어. 고마워.

명호 뭘요. 아프더라도 오늘만 참으세요. 내일 아침엔 항구로 돌아가니까.

수창 진짜 내일 항구로 돌아가나?

명호 그래. 그러니까 사고 치지 말고 하루만 버텨. 알았니?

수창 알았다!

선장 (사이) 뭐라꼬? 겨우 이 정도 안개 때문에 못 온다꼬? 에라이 십새끼야! 뱃놈이 그래 겁이 많아가 어데다 쓰노. 쓸데없는 소리 집어치우고, 밤 8시까지 오래이. (사이) 임마! 내일 항구로 돌아가는데 우에 다시 약속 잡노! 니 올 때까지 기다릴 테니 꼭 온나이! (수화기 내려놓는다) 쫌생이 새끼! (창문으로 얼굴 내밀고) 명호야! 내 쫌 보자.

명호 (상길을 기섭에게 맡기고 조타실로 간다)

선장 아까 얘기했던 대로 8시에 배 하나가 이리로 올 끼다. 어창에 있는 칼치 절반 그리로 넘기라.

명호 하겠다고 한 적 없습니다.

선장 허허 참나. 니 대학 나온 거 맞나? 이래 머리가 안 돌아가 우에 돈 버노?

명호 아무리 돈도 좋지만 양심을 속일 순 없어요.

선장 아이고, 성인군자 할배가 내 앞에 서 있구마. 니 우리나라가 와 살기 힘든지 아나? 윗대가리부터 아랫대가리까지 뒷구멍으로 해 처먹는 바람에 살기가 힘들다. 글

마들도 해 처먹는데 니만 혼자 양심 찾는다꼬 누가 알아주나?

명호 누가 알아주길 바래서 그러는 건 아니에요. 전 그냥.

선장 됐다. 배에선 선장이 왕이다. 기관장은 선장이 시키는 대로 따라야 한데이.

명호 선장님!

선장 아까 한 말 기억하제. 내 말 안 들으면, 니 부산에서 배 못 탄다. 내가 니를 가만 안 놔둘끼다. 알았나?

명호 …….

선장 (드링크제를 건넨다) 니 껀 없다. 선원들 하나씩 갖다 주라. 칼치 잡는다꼬 고생하는데 이거라도 마시고 힘내야지.

명호 (받아들고 갑판으로 간다)

기섭과 상길, 명호가 건네 준 드링크제를 받아 마신다.
이 모습을 조타실에서 선장이 유심히 바라본다.

명호 (수창에게 드링크제를 건넨다)

수창 (살펴보며) 내는 이딴 거 안 마신다. 행님이나 마셔라. (내민다)

선장 (큰소리로) 챙기줄 때 무라!

수창 언제부터 챙기주따고 저 지랄이고. (마시고 조타실 앞으로) 집에 전화 한 통화만 하게 해주이소.

선장 갑자기 집엔 와?

수창	오늘이 여동생 생일입니다.
선장	하루만 참아라. 내일 항구에 가서 실컷 해라.
수창	생일축하한다꼬 말만 하고 끊을게요.
선장	안 된다. 규칙은 규칙이다.
수창	뭔 규칙이 이렇노? 여동생한테 전화 한 통 몬하는 게 어딨노. 아저씬 맨날 집에 있는 아지매랑 씨부리면서.
선장	뭐? 씨부리?
수창	그래요. 씨부리!
선장	이런 개새끼가. (조타실에서 나와 멱살 잡는다) 니 진짜로 죽어 볼래!
수창	씨팔! 나이 처먹었다꼬 대우해 줬더만! (선장을 밀친다)
명호	수창아! (뛰어가 말린다)
기섭	어따, 이번엔 수창이가 이기것는디?
상길	괜히 젊은 게 아니지. 저런 놈은 되게 혼구녕 나야해.
선장	(조타실에서 몽키스패너를 들고 나온다) 눈 안 까나! 확!
수창	치소! 니기미 쎄빠지게 일하고 돈도 못 받는데, 병실에 가마이 누워가 돈 쫌 벌어보자 씨발.
선장	우와 미치겠네! (치려고 한다)
명호	(수창일 가로막고) 도대체 왜 이래! 하루만 참으면 돌아간다고 했잖아. 어서 선장님께 사과드려.
수창	뭔 사과! 내가 뭘 잘못했는데. 좆또 선장이 선장 같아야지.
선장	세상 참 좋아졌다. 선원새끼가 선장한테 대들고. 느그

어메가 와 어린 새끼들 놔놓고 집 나갔는지 알만하다. 자식새끼가 희망이 보여야 키울 맛이 나지. 아이고 호로새끼.

수창   여서 와 어무이 얘길 꺼내노.

선장   아나? 느그 아부지 병 걸려 골골할 때, 느그 어메 바람나서 도망간 거.

수창   씨발 닥치라! (달려든다)

선장과 수창이 뒤엉켜 싸운다. 수창에게 선장이 밀리는 기색이다.

명호   (말리며) 기섭이 형 뭐해! 보고만 있지 말고 와서 좀 말려!

기섭   (마지못해 다가와 수창이를 잡아뗀다)

수창   씨팔! 다시 한 번 우리 어매 욕했다간 직이뿔끼다!

선장   아이고 감사합니데이. 이래저래 살기 힘든 세상, 니 덕에 함 죽어보자.

명호   (수창일 기관실로 밀어 넣으며) 곧 내려갈 테니까 기관실에 내려가 있어.

수창   으아! 씨발! (분이 안 풀린 채 기관실로 내려간다)

명호   (기섭에게) 형이 수창이 대신해서 식사준비 좀 해줘.

기섭   식사준비 할 게 뭐 있어. 맨날 그 밥에 그 반찬인디.

선장   니도 내한테 불만 있나?

기섭   내일 항구에서 말할게요. (하품하면서 조타실 뒤로 돌아간다)

명호   수창일 대신해서 제가 사과드릴게요.

선장   됐다. 저런 종자 많이 겪어봐서 아무렇지도 않다. (갑판으로 나간다)

상길   (코 골며 자고 있다)

선장   아이고 장 씨가 많이 피곤했나 보네. 명호야, 선실에 데려다 눕히라.

명호   아저씨 일어나세요. (흔들어보지만 미동도 않는다) 아저씨…… 어? (심장에 귀 대본다)

선장   안 죽었다. 걱정하지 마라이.

명호   예?

선장   약 효과 제대로네.

명호   약이라뇨?

선장   드링크제에 수면제 탔다. 칼치 빼돌리는 거 선원들이 알게 되믄 아주 귀찮아진데이.

명호   뭐라고요? 그렇다고 수면제까지.

선장   마, 원래는 식수통에 탔는데 수창이 새끼가 아까 다 내삐리는 바람에…….

기섭   (조타실 뒤에서 비틀거리며 나온다) 오메…… 명호야…… 나 좀 잡아줘. 갑자기 졸려 미치것다. (하면서 쓰러진다)

명호   어떻게 이렇게까지…… 당신이 꾸민 일! 선주에게 알리겠어. 당장! (조타실로 향한다)

선장   (가로막는다) 다된 밥에 재 뿌리지마라. 쫌 있으면 배 온다.

명호   비켜! 당신 더 이상 이 배 선장 아니야!

선장   니 배 그만 타고 싶나?

명호 질렸어! 당신 때문에 배 타고 싶은 마음이 싹 사라져 버렸어. (조타실로 들어가려한다)

선장 이런 은혜도 모르는 새끼!

두 사람, 뒤엉켜 싸운다. 격투 끝에 명호가 선장을 밀치고 조타실로 들어가려한다. 선장, 칼을 들고 와서 명호의 다리를 찔러버린다.

명호 아악!

선장 한 번만 더 지랄하믄 다음엔 배때지데이! 니 하나 바다에 버리도 아무도 모른다. 알았나! (하며 명호의 배를 걷어찬다. 기섭과 상길을 선실로 끌어다 넣고 어창을 열어본다) 됐다! 이 정도면 돈 쫌 만지겠네. 하하!

수창 (약에 취해 멍한 표정 짓고 기관실에서 나온다) 이 배는 곧 침몰할 끼다.

선장 점마 잠 안 자고 뭐라 짖어대노?

수창 배에 물 들어온다.

선장 그게 무신 헛소리고?

수창 히히…… 이미 기관실에 물 찼다.

선장 비키라! (수창일 밀치고 기관실로 내려간다)

명호 기관실에 물이 차다니? 수창아, 똑바로 얘기해봐.

수창 명호 행님. 나는 평생 남 밑에서 이래 살고 싶진 않다. 이번 배 탄 거까지 합치면 지영이 입학금은 해결된데이. 대학 가믄 가시나가 알아서 벌겠지. 맞제? 행님아, 내 착

한오빠 맞제? 선장새긴 와 우리 어무이 가지고 지랄이고…… (쓰러져 잠든다)

명호 자면 안 돼. 일어나! 수창아! 정신 차려!

선장 (기관실에서 나와 수창일 짓밟는다) 이런 십새끼! 전생에 내랑 무슨 원수를 졌노! (수창일 선실로 끌어다 넣는다) 저 새끼가 해수펌프 열어놔서 기관실에 물이 반이나 찼데이.

명호 (기관실로 내려가려한다)

선장 늦었다. 이 배는 곧 가라앉는다. (조타실로 들어가 무전기를 든다) 여기는 삼봉호. 여기는 삼봉호. 〈삼봉호 말하라. 여기는 해양경찰이다.〉 거제도 동북쪽 20km 칼치잡이 삼봉 혼데, 지금 해수펌프로 물이 들어와가 침몰 직전입니다. 〈승선인원은 몇 명인가?〉 선장 하나, 선원 넷. 〈구조선이 곧 출발할 것이다. 요구조자들은 전원 구명조끼를 착용하고 사태에 대비하길 바란다〉 퍼뜩 오이소! (무전기 내려놓는다)

명호 당신 욕심 때문에 모두 죽게 생겼어.

선장 욕심으로 치자면 내보다 선주영감이 더 하지. 저것들 죽는다꼬 슬퍼할 사람 아무도 없다. 저것들은 칼치가 뜯어 먹겠지.

명호 미쳤어! 당신 완전 미쳤어!

선장 (음흉하게 웃으며) 명호야. 내 혼자는 절대 안 당한다. 와 내가 니를 공범으로 만들라꼬 했는지 인자 알겠나?

"부웅~"뱃고동 소리 들린다.

선장 (손목시계 보며) 에헤, 자슥. 안 온다꼬 난리치더만 정확하게 왔꾸마. 칼치는 물 건너갔고, 내는 저 배로 옮겨 탈 테니까 니는 선원들하고 구조선이나 기다리래이.

뱃고동 소리 크게 들려온다.

선장 (멀리 내다보며) 근데 뱃고동 소리가 와 이리 크노? (자세히 보다가) 뭐, 뭐고? 어, 어! 저, 저거 컨테이너선이다! 구명조끼 어딨노? (선실로 뛰어 들어간다)

명호, 가까스로 일어나 다가오는 선박을 바라본다. "뿌웅~ 뿌웅~"다급히 울리는 뱃고동소리에 이어 충돌하는 마찰음을 내며 삼봉호가 심하게 흔들린다. 명호, 중심을 잃고 쓰러진다.

암전.

7장

선실. 머구리, 간이침대에 누워 자고 있다.

머구리 (핸드폰 벨소리에 잠이 깬다. 확인한다) 이런 씨…… 또 무슨 소
릴 하려고. (망설이다가 받는다) 예, 접니다.

반대편에 조명 들어오면 선주가 서 있다.

선주 와 이제 받노?

머구리 피곤해서 자고 있었어요.

선주 아무리 피곤해도 그렇지. 달이 중천에 떠있는데, 젊은 사
람이 벌써 자면 우야노.

머구리 생각지도 않은 일들이 마구 터지다보니까, 많이 피곤하
네요.

선주 니가 그 정도면 내는 어떻겠노. (사이) 니, 소식 들었나?

머구리 어떤 소식이요?

선주 내일 오후에 해경에서 인양작업 들어간단다.

머구리 그렇게 빨리요?

선주 수심이 깊지 않다꼬 판단 했는갑다. 그래서 말인데, 니
지금 바다에 함 드가줄래?

머구리 지금요? 이 밤에?

선주 어차피 물 안에 드가면 캄캄한데, 낮이면 어떻고 밤이면 어떻노.

머구리 에이~ 그래도 낮에는 시야가 확보되지만, 밤에는 라이트 켜고 들어가도 앞이 보이질 않아요.

선주 내일 인양작업 시작한다 안 하나. 까딱 잘못하다간 해경에서 선원들 다 건져내뿐다. 잡소리 말고 당장 들어가래이.

머구리 그래도 밤엔 안 돼요. 내일 아침에,

선주 머구리옷 챙겨 입고, 산소줄 체크하고, 어느 세월에 드갔다 나오노. 조선장한테는 산소줄 체크하라고 이미 연락했다.

머구리 아, 진짜! 갑자기 이 밤에 왜 물에 들어가라는데요!

선주 아까 내랑 통화할 때 뭐라 했노?

머구리 돈 더 달라고 했죠.

선주 그거 말고.

머구리 예?

선주 선원들이 살아있다 안 캤나!

머구리 그런데요?

선주 배 옆구리에 구멍 나 있다 했제?

머구리 예. 머리통 크기만 하게.

선주 니 지금 잔말 말고 내리가서, 무슨 수를 써서라도 그 구멍 더 크게 뚫으래이.

머구리 (놀라 일어난다) 네? 그래도 그건…….

선주	와? 못 하겠노?
머구리	그럼 내가 선원들을 죽이는 거잖아요.
선주	지금도 그놈아들 죽이고 있잖아. 살아있는 거 뻔히 알면서 모른 척하고 있잖아.
머구리	하지만 그것과 이것은 엄연히 다르죠.
선주	뭐가 달라. 아예 모르는 것보다 알고도 모른 척 하는 게 더 나쁜 거 아이가? 임마야, 니 때문에 내가 맘고생이 많다. 우에 살아있다꼬 엄한 소릴 해가 내를 심란하게 만드노.
머구리	아무리 그래도…….
선주	좋다! 일만 확실히 처리하믄, 니 지금 타고 있는 배 있자나. 그거 니 줄꾸마.
머구리	하지만…….
선주	일 끝내고 맞선 함 봐라. 보험 하는 아가씬데, 이쁘고 생활력도 아주 좋다. 니하고 잘 어울릴 끼다. 니도 알제. 요즘 가시나들 돈 없는 놈은 거들떠도 안 본다. 니 직업도 그런데 배 한 척은 있다꼬 해야 만나줄 거 아이가. 그쟈?
머구리	(잠시) 생각할 시간 좀 줘요.
선주	길게 생각한다꼬 좋은 수 안 나온다. 시간 끌지 말고 퍼뜩 준비해서 들어가래이. 욕바래이! (끊는다)

선주를 비추던 조명 꺼진다.

머구리   미치겠네…… 박 선장하고도 알고 지내는 사이인데……
차라리 살아있다고 해경에 알릴까? 아니야. 그럼 모든
걸 내가 다 뒤집어쓰게 돼. 돈이고 나발이고, 도망가 버
릴까? 씨발…… 돈 더 받아내려다 선주영감한테 단단히
발목 잡혀버렸어. 어떻게 하지? 어떻게…….

암전.

8장

병실. 간호사, 명호의 혈압을 재고 있다. 조사관은 의자에 앉아 핸드폰으로 검색하고 있다.

간호사 (조사관에게) 혈압이 좀 높네요. 오늘은 이만 끝내시는 게 좋겠어요.

조사관 십분 내로 끝내고 갈게요.

간호사 부탁드려요. 충분한 안정 취하게 하라고 담당선생님께서 당부하셨거든요. (나간다)

조사관 나도 간호사가 꿈이었는데…… 우습죠? 이렇게 조사관이 되어 병원을 수시로 드나들고.

명호 조사관님도 간호사복이 잘 어울릴 거 같아요.

조사관 아뇨. 자신 없어요. 저분들처럼 환자를 헌신적으로 돌보지도 못할 것 같고. 참, (핸드폰 보여주며) 조금 전에 삼봉호에 대한 기사가 떴어요.

명호 벌써요?

조사관 벌써라뇨. 오늘만 두 번째 기사인데. 읽어볼래요?

명호 아뇨. 대신 읽어줘요.

조사관 (읽는다) 어제 저녁 8시경 거제도 남동쪽 앞바다에서 침몰한 갈치잡이 어선 삼봉호의 위치가 확인됨에 따라 내일 오후에 인양작업이 실시될 예정이다. 침몰당시 선장 박

창수는 해수 펌프 고장으로 인해 배가 가라앉고 있다며 해경에 구조요청을 했으나 이후 연락두절 상태에서 배가 침몰되었다. 이 사고로 선장 박창수 씨와 선원 고기섭, 최수창, 장상길 씨가 실종된 상태이며, 기관장 서명호 씨는 표류하던 중 지나가던 어선에 의해 구조되어 병원에서 응급치료 중에 있으나 생명에 지장이 없는 것으로 알려졌다.

명호   (실없이 웃는다)

조사관   왜 웃어요?

명호   늘 이런 식이죠. '침몰 당시 선장 박창수는 해수펌프 고장으로 인해 배가 가라앉고 있다고 해경에 구조요청을 했다……' 잘했네. 결국 해수펌프를 제대로 관리하지 못한 내 잘못으로 배가 침몰된 거네.

조사관   걱정 말아요. 사고조사가 완료되면, 해수펌프를 열어놓은 것은 최수창이고, 그로 인해 배에 물이 찼고, 지나가던 컨테이너선에 충돌되어 침몰되었다고 정정보도 요청할게요.

명호   그런다고 사람들이 곧이곧대로 믿어줄 것 같아요? 끝났어요. 하지만 사람들이 날 욕하건 오해하건 상관없어요. 아까 말한 박 선장 횡포나 낱낱이 밝혀주세요. 죽은 사람들 맘 편히 저 세상으로 갈 수 있게.

조사관   그러죠. 마지막으로 한 가지만 물어볼게요. 서명호 씨를 비롯한 선장과 선원들의 생명보험 들어놓은 것도 선주고, 수령인도 선주로 되어 있어요. 이상하지 않아요?

명호　(잠시) 그게 어때서요?

조사관　어떻다뇨? 그건,

명호　하루살이 인생이라 다들 보험엔 관심 없어요. 선주님이 생명보험을 들어주겠다고 하니까 아무 생각 없이 사인했을 뿐이죠.

조사관　그렇다 쳐도, 원래 사망보험금은 당사자들 가족들이 수령해야 맞잖아요. 보험계약대로라면 사망한 네 사람 보험금을 선주가 받게 되었다고요. 칼 쥔 사람의 의도에 따라 어떻게 악용될지 모르는 보험에, 아무 생각 없이 사인을 했다?

명호　돈 앞엔 피도 눈물도 없는 노랭이지만, 항구에서 신용 하나로 40년을 버텨온 사람이라고요.

조사관　사망보험금은 선원들의 가족들에게 고스란히 전달될 것이다? 그래요?

명호　…… 네.

조사관　(씁쓸한 미소) 위는 채우면 채울수록 늘어나는 법이죠. 어쨌든 선주는 달랑 보험료 한 번만 내고, 사망한 네 명의 보험금을 타게 되었네요. 보통사람들은 평생 만져보지도 못할 거금을.

빗소리.

조사관　(창가로 가서) 먹구름이 잔뜩 낀 걸 보니, 폭우가 쏟아지겠네요. 집에 가서 좀 자야겠어요. 워낙 흥미로운 얘기라 아직도 얼떨떨하네요. (가방 들고 나가려다가) 그런데 오른쪽 허벅지에 난 상처. 박 선장이랑 격투 벌이다가 칼에 찔렸다고 했죠?

명호　…… 네.

조사관　의사말로는 깊이나 각도로 봐서 상대방이 찔러서 난 상처가 아닌 것 같다는데…….

명호　(허벅지를 내보이며) 그럼, 내가 일부러 칼로 허벅질 찔렀다는 말인가요?

조사관　그런 말은 아니고,

명호　그게 그 말이 아니고 뭐란 말이죠? 혹시, 날 의심하는 건가요?

아래 대사하는 동안 간간히 번개치고 천둥소리가 들린다.

명호　성난 개들이 싸우는 걸 본 적 있어요? 어디가 머리고, 어디가 다린지, 마구잡이로 물어뜯는. 박 선장이랑 그렇게 뒤엉켜 싸웠어요. 그러다가 허벅지를 찔렸고, 침몰 직전에 바다로 뛰어 들었죠. 짜디짠 바닷물이 상처를 파고들어 숨도 쉬지 못할 만큼 고통스러웠죠. 정신을 잃지 않으려 손가락을 깨물었어요. (점점 격정적으로) 그것도 모자라 팔뚝까지 물어뜯었죠. 그렇게 떠다니다가 구조되었는데…… 그런데! 그런 날 어떻게 의심할 수 있는 거죠? (사이) 장 씨 아저씨 말이 생각나네. 술에 취해 피투성이로 길에 쓰러져있어도 누구 하나 괜찮냐고 물어보질 않더라고. 내가 부자이거나 지위가 높았다면, 이따위 의심을 받았을까요? (조사관의 양팔을 붙잡는다) 대답 해봐요. 과연 그랬을까요? 대답 해보라고!

조사관 (벗어나려 몸부림친다) 이거 봐요!

명호 아픈 몸 달래면서 죽은 동료들을 위해 진실만을 얘기했어. 그런데 결국 당신은 날 의심해. 날! 평생 책만 끼고 산 의사가 피 터지는 싸움질에 대해 뭘 안다고! 3년 전, 선장을 위해 진실을 덮어버린 당신 선배랑, 당신이 다른 게 도대체 뭐야? 말해봐. 도대체 뭐냐고!

간호사 (뛰어 들어와 말리며) 이러시면 안 돼요! 진정하세요!

조사관 그런 뜻으로 말한 게 아니라고 했잖아요.

명호 다 똑같아. 모두들 날 땅바닥에 버려진 과자부스러기나 쪼아대는 비둘기쯤으로 생각하고 있어. 지들이 마음먹으면 언제든 해치울 수 있는 하찮은 존재처럼. (사이) 친동생처럼 따르던 수창이가 죽었어요. 이제 그만 괴롭히세요.

간호사 (조사관에게) 담당선생님 호출하기 전에 어서 나가세요.

조사관 내일 삼봉호를 인양하고 선주에 대한 조사를 마치면, 이번 침몰사건은 끝이 나요. 만약 이 모든 게 선주의 계획이었다면, 당신은 또 다른 피해자가 되겠죠. (퇴장)

간호사   불 꺼드릴게요. 주무세요.

명호   아뇨. 그냥 켜두세요. 피곤한데 잠이 오지 않아요.

간호사   담당선생님께 연락해서 수면제 처방해 드릴까요?

명호   (간호사 바라보며) 수면제? (고개 가로저으며) 그냥, 혼자 있게
해주세요.

간호사   필요한 게 있으면, 줄 잡아당기세요. (퇴장)

명호   (멍한 표정으로 혼잣말로) 진실을 아는 것은 오직 나 하나. 나
쁜 사람들은 착한 사람들을 이용하며 산다…… 나쁜 사
람들은 착한 사람들을 이용하며 산다…….

사이.

번개 번쩍이며 천둥소리. 창밖에 수창이가 유령처럼 서 있다.

수창   명호형…… 내 좀 살려도…… 추워가 미치겠다…….

명호는 수창이 목소릴 애써 무시한다.

수창   배고파 미치겠다…… 답답해 미치겠다…….

명호, 창가로 가서 커튼을 쳐버린다. 잠시 후, 안 팀장이 들어온다.

안팀장   오~ 생각보다 안색이 좋은데?

명호	누구세요?
안팀장	우리 전에 만났었잖아요. 선주님이랑 같이.
명호	아!
안팀장	몸은 좀 어때요?
명호	많이 좋아졌어요. 하지만 지금은 많이 피곤해요.
안팀장	하긴, 가벼운 접촉사고로도 며칠씩 몸이 쑤시는데…….
명호	선주님이 보내서 왔죠?
안팀장	뭐, 겸사겸사. 이번 사고 때문에 아주 바빠요. 그런데 좀 전에 큰소리가 밖에까지 들리던데, 무슨 문제라도?
명호	아뇨. 별일 아니었어요.
안팀장	그렇담 다행이고. 조사관들은 하이에나처럼 한번 물면 끝까지 물고 늘어지는 사람들이죠. 가능하면 자주 마주치지 않는 게 상책이랄까. (의자에 앉는다) 무슨 얘길 했어요?
명호	선주님을 만나보고 싶어요.
안팀장	아직은 안 돼요.
명호	왜죠?
안팀장	지켜보는 눈이 한둘이라야 말이지.
명호	그럼 통화라도 하게 해줘요.
안팀장	저런, 나도 명호 씨 만큼이나 조사관에게서 자유롭지 못한데 어쩌나. 내가 이곳에 온 걸 조사관이 알게 되면, 아주 민감하게 반응할 거라고요. 더구나 이 밤에 병원에서 핸드폰으로 선주와 통화한 기록까지 남기면, 아주 골치 아픈 상황이 벌어질 거 같지 않아요?

명호   (끄덕인다)

안팀장   말해 봐요. 어젯밤, 삼봉호에서 벌어졌던 일!

명호   조사관에게 했던 말을 하면 되나요?

안팀장   지금 나랑 장난해요? 그건 나도 이미 알고 있는 얘기잖아. 사실대로 얘기해, 사실대로! 혹시라도 나중에 문제 생기면 대처해야 하니까. 자, 숨기지 말고, 어서 얘기 해 봐요.

명호   (무대 앞으로 걸어 나온다) 그러니까 어제 밤, 갑판에서…….

안팀장   갑판에서, 어떤 일이 벌어졌죠?

명호   (고개를 든다)

번개가 치고 천둥소리 요란하다.

사이.

중앙에 삼봉호가 보여지면서 병실 조명 꺼진다.

(6장 뒷부분이 [실제상황으로 재연] 된다)

선장   (조타실에서 수화기를 든다) 여기는 삼봉호! 여기는 삼봉호! 제발 좀 받아라! 〈여기는 해양경찰. 삼봉호 말하라〉 거제도 동북쪽 20km 칼치잡이 삼봉혼데, 지금 해수펌프로 물이 들어와가 침몰 직전입니다. 〈승선인원은 몇인가?〉 선장 하나, 선원 넷. 〈얼마나 버틸 수 있는가?〉 한

시간? 아니! 30분도 못 버팁니더! 〈알았다. 구조선 출동 시키겠다. 모두 구명조끼를 착용하고 사태에 대비하길 바란다〉 퍼뜩 오이소! (무전기 내려놓고 갑판으로 나간다)

갑판에는 기섭과 상길이 쓰러져 자고 있다.

선장   (기섭을 흔들어 깨운다) 기섭아 일나라! (상길을 마구 흔든다) 장씨! 배 까라앉는데이. 퍼뜩 일나소! 이러고 있으면 다 죽는다! 도대체 와들 이라노? 하루 종일 아무 탈 없이 일하던 사람들이 갑자기 와 이러난 말이다. 명호 임마도 기관실에 쓰러진 거 아이가? (기관실 쪽으로 가려는데 선실에서 수창이가 나온다)

수창   (약에 취해 비틀거린다) 선장아저씨. 내 쫌 살려주이소.

선장   (안는다) 수창아!

수창   씨발, 우리 지영이 대학 보내야 하는데…… 제발 내 쫌 집에 가게 해주이소.

선장   알았다. 알았으니까 눈 쫌 뜨래이. 문디 자슥아 제발 정신 쫌 차려라.

수창   졸려…… 졸려……. (쓰러져 잠든다)

선장   수창아! 수창아!

명호, 구명조끼를 입고 기관실에서 나온다.

선장	니는 괜찮나?
명호	(담담하게) 왜 이렇게 호들갑이죠?
선장	보래이! 전부 병든 닭처럼 아무리 깨워도 일어나질 않는다!
명호	(씨익 웃는다. 이제와는 전혀 다른 매우 냉정한 표정이다)
선장	이 판국에 웃음이 나오나? 봐라, 명호 니 돌았나?
명호	(수창이 양팔을 잡아끌고 선실에 넣는다)
선장	뭐하는 짓이고!
명호	(대답 않고 이번엔 기섭의 다릴 잡아끌고 선실로 간다)
선장	(가로 막는다) 와 선원들을 선실에 집어넣노!
명호	선장님이 시켰잖아요.
선장	내가 은제?
명호	(차갑게 웃으며) 왜 이러세요? 수면제가 든 드링크제를 선원들에게 마시라고 줬으면서.
선장	수면제? 아니 그럼, 아까 마셨던 드링크제에…….
명호	(밀치며) 비켜요. (기섭을 선실에 집어넣는다)
선장	(멍하다) 도대체 이게 무슨 일이고? (생각해내려 애쓴다)
명호	(갑판으로 간다)
선장	(갑자기 무언가가 떠오른다) 설마…….
명호	(칼 집어 든다) 장 씨 아저씨 선실로 집어넣어요.
선장	니가 해수펌프도 열었나?
명호	아뇨. 그건 수창이가 열었죠.
선장	수창인 기관실에 들어가지도 않았데이! 니 도대체 와 이

라노? 선주가 이래 하라꼬 시키드나?

명호 (피식 웃는다)

선장 (뭔가 떠오른다) 보험 맞제?

명호 (차가운 미소)

선장 어쩐지 선주가 생명보험 들어준다꼬 할 때부터 이상타 생각했어. 출어하는 새벽에 계약서 들이밀며 사인하라 꼬 재촉할 때 눈치챘어야했는데.

명호 노숙자, 떠돌이, 사회부적응자, 있거나 없거나 흔적조차 미미한 존재들인데 뭐.

선장 문디자슥! 그렇다고 생때같은 사람들을 죽여?

명호 어차피 죽어라 고생만 하다 죽을 사람들이잖아.

선장 그럼 니는?

명호 난 다시 원양어선 타고 큰 바다로 나갈 거야.

선장 사고 치고 쫓겨난 니를 누가 받아준다꼬.

명호 선주가 약속했어. 선박회사사장에게 부탁해서 기관장으로 취직시켜준다고.

선장 우릴 이래 죽여 놓고, 해외로 나가 버리겠다꼬? (실소) 허 허…… 니 꿈을 위해 우리가 미끼가 됐다 이거가?

명호 난 선장이 될 거야! 이따위 배는 비교도 안 되는, 아주 커다란 배를 지휘하는 선장!

선장 정신차리라 새끼야! 선장이 어떤 자리인 줄이나 알고 씨 부리라. 선장은 말이다, 배가 침몰하면 선원들 내보내고 배와 마지막을 함께하는 게 바로 선장이다. 니는 텄다.

선장될 자격 없다! 말해봐라. 선주가 얼마를 떼준다꼬 이 지랄이고?

명호 이게 지랄로 보여? (크게 웃는다) 하하!! 이건 지랄이 아니라, 살려고 몸부림치는 거야. 살겠다고!

선장 이 개새끼야! 니 몸부림 댓가가 뭐냐 이 말이다!!

명호 (적의에 찬 표정으로 선장을 바라본다)

선장 (사이) 선주영감 말을 믿노?

명호 …….

선장 명호야…… 칼 바다에 던지라. 지금 이 상황은 우리 둘만 안다. 저 사람들은 깨어나면 그만이데이. 항구 가서 암말 안 할게. 명호야……. (다가간다)

명호 (칼로 위협하며) 가까이 오지 마! 이미 배 떠났어. (장 씨 가리키며) 어서 이 사람 선실에 집어넣어. 어서!

선장 (상길의 두 팔을 잡아끌고 선실로 들어간다) 두고 봐라. 니는 절대 선장 못 된데이.

명호 (선실 문 앞에 상자와 어구들을 쌓는다)

선장 (선실 안에서) 헛일 마라! 곧 내 친구 조 선장 올 끼다!

명호 조 선장 배가 이 배보다 훨씬 크지.

선장 뭐라는 기고?

뱃고동 소리.

명호 (선수에 서서 멀리 바라본다. 칼로 오른쪽 허벅지를 찌른다) 아악!

(칼을 바다에 던지고 밧줄로 허벅지를 묶고는 바다로 뛰어든다)

물살을 가르며 달려오는 선박의 엔진소리.

선장   (소리) 명호야! 명호!! 서명호!!

"쿠쿵!"충돌소리가 크게 나면서 배가 마구 흔들거린다.
그리고 선수가 위로 치솟는가 싶더니 이내 바닷속으로 가라 앉는다.

암전.

9장

부둣가. 비가 내리는 가운데 선주가 우산을 쓰고 누군가와 통화하고 있다.

선주 그래? 호로새끼, 우에 그런 소릴 지껄였노. 알았데이. 우쨌든 그 얘기 누구한테도 하면 안 된다. 단디해라. 알았제? 그라고 안 팀장아. 니 칼치회 좋아한다꼬캤지. 이번 일 잘 끝나믄, 오붓하게 둘이서 배타고 칼치회 함 묵자. 칼치회는 배에서 묵는 게 최고인기라. 오냐, 욕봐래이. (끊는다. 밤하늘 쳐다본다) 아이고 먹구름 잔뜩 끼었네. 쏟아질라믄 내일까지 마구 쏟아지래이. 배 껀져내기 어렵꾸로. (핸드폰 울린다) 오늘따라 낼 찾는 놈들이 와 이리 많노. (확인하고 받는다) 어, 조 선장이가? 배 수리하고 있다꼬? (사이) 걱정마라. 명호가 컨테이너선하고 충돌했다꼬 했단다. 지금쯤 갱찰들이 부산항 컨테이너선 조사한다꼬 난리겠지. 으히히…… 헛지랄이제. 부산항에 컨테이너선이 좀 많나. 그래 머구리는 물에 들어갔나? (사이) 음, 조 선장아. 내 한 번 더 도와줘야겠다. 머구리 말인데, 아무리 생각해도 글마 입 쫌 막아야겠다. 까딱 잘못했다간 나는 물론, 니까지 쇠고랑 차겠데이. (사이) 어허이, 내가 은제 맨입으로 일 시키드나? 흐흐…… 지금부터 내 하는 말 단디들으래이. 연장통에 톱 안 있나. 그 톱으로 머구리 산소줄 잘라라! (사이) 걱정마라! 걸리면 내가 시켰다꼬 할 끼다. (사이) 오이야, 아무 걱정 말고 산소줄이나 잘라라. 알았제? 그리 알고 끊는데이! (끊는다) 구더기 같은 놈!

명호, 뒤에서 환자복 위에 우비를 걸치고 다가온다.

명호   선주님.

선주   (돌아보며) 어? 명호 아이가?

명호   (인사한다)

선주   (빠르게 주변을 훑는다) 니 미칫나? 날 찾아오면 우짜노!

명호   답답해서 왔어요.

선주   텔레비전 있고, 이쁜 간호사들도 있는데 뭐가 답답하노.

명호   안 팀장 말로는 1년간 선주님한테 연락하지 말라던데…….

선주   와? 그 사이에 내가 도망갈까 겁나드나? 이놈아야. 여 있는 배들이 다 내 끼다. 자식 같은 배들 놓고 내가 우에 도망가노.

명호   그게 아니라……. (어느 배 하나에 시선이 고정된다)

선주   하하!! 저 배 때문에 왔노? (명호 어깨에 손 올리고) 현선호는 내가 가진 배 중에 가장 크고 비싼 배다. 이 일만 잘 마무리되면, 약속대로 저 배는 니 끼다.

명호　딱 1년. 1년만 나갔다 올 겁니다.

선주　하모! 사장하고 얘기 다 끝냈다. 1년 지나믄 삼봉호는 잊혀질 끼다. (손 내밀며) 서 선장!

명호　(손잡는다)

선주　(조금 떨어져서 쳐다보며) 그런데 명호야. 궁금한 게 있다. 우리 계획대로 말하믄 될 낀데, 와 충돌 전에 해수펌프가 열려서 배가 침수됐다꼬 진술했노?

명호　3년 전, 원양어선 선장은 회사에 불만을 품고 홧김에 불을 질렀죠. 그런데도 선장은 저한테 모든 걸 뒤집어씌워서 쫓아냈어요.

선주　범인이 아니라꼬 끝까지 싸웠어야제.

명호　아무리 진실을 알리려 해도, 결코 선장을 이길 순 없잖아요.

선주　(놀라) 오~ 이제 알긋다. 삼봉호가 인양되면 어차피 해수펌프가 열려 있다는 게 밝혀질 테고, 그라믄 니가 또 죄를 뒤집어 쓸 거 같아가 수창이가 열었다꼬 꾸며댔다 이 말이제?

명호　(대답 대신 옅은 미소)

선주　허허…… 사람 참 알 수 없는 동물이래이. 요래 순진한 얼굴에서 우에 그런 생각을 했노. 명호, 니 칼치회 좋아하나?

명호　아직 먹어보질 못했어요.

선주　에헤이~ 여태 그것도 안 묵어보고 뭐했노. 봐라, 명호야.

니, 칼치가 와 맛있는 줄 아나?

명호   …….

선주   칼치는 말이다. 먹일 놓고 서로 경쟁하믄서 뜯어 묵는데이. 꼬물꼬물 수백 마리가 몰려들어 인정사정없이 뜯어 묵제. 하지만 먹이가 떨어지고, 경쟁할 놈들이 늘어나믄 우에 되는지 아노?

명호   (고개 가로 젓는다)

선주   즈그들끼리 잡아묵는단다. 그라이 칼치가 맛있지 않고 배기겠나. (슬며시 보며) 일 잠잠해지면, 내랑 칼치회 함 묵자. 칼치회 묵으면서 특별히 니한테만 세상 사는 방법 갈쳐줄란다. (어깨 두드려주며) 병원 가서 아무 생각 말고 푹 쉬라.

명호   (인사하며) 약속, 꼭 지키셔야 합니다! (퇴장)

선주   (잠시 명호의 뒷모습을 지켜보다가) 아이고 골치야. 점마가 미끼를 탁! 물었다꼬 안심했는데, 바늘까지 꿀꺽 삼켜버렸데이. 그런데 말이다. 삼켜버린 바늘이 어데로 가겠노. 소화가 되면 될수록 뾰족한 바늘이 점마 위와 장을 갈기갈기 찢어버릴끼다. 안 그렇나? <u>흐흐흐</u>……. (웃으며 퇴장)

암전.

10장

뒤집힌 배안 선실. 산소는 점점 없어지고 선장, 수창, 기섭, 상길, 구조를 기다리고 있다. 어둠 속에서 수창이가 라이터를 켜려고 하나 불똥만 튄다.

선장   산소통 틀어났다. 라이터 켜지 마래이.

수창   산소도 다 떨어져 가고, 어차피 죽을 거 환한 데서 죽을 낍니다.

        (라이터 불똥만 튄다) 에이, 씨발! (라이터를 던져버린다)

상길   그런데, 아까 그 소리 정말 구조대 맞겠지?

기섭   돌고래가 장난친 거여. 잠수부였으면, 왜 여적지 구조럴 안 허난 말여. 끝이여, 우리 인생 여그서.

수창   개새끼!

기섭   뭐, 뭐여? 이런 염병할 새끼! 인생 쫑나기 일보 직전이라고 시방 막 가자는 겨?

수창   서명호 개새끼! 그 새끼가 낼 속일 줄 몰랐다. 술집에서 일할 때 등록금 번다꼬 몸 파는 가시나들 많이 봤다. 내는 우리 지영이 그래 안 만들려고 배 탔다. (울먹이며) 그 아는 내랑 다르다. 교사가 꿈이다. 지영이 졸업할 때까지 등록금 벌어야 한데이. (선장에게 매달린다) 제발 쫌 살아나가게 해주이소. 그동안 못 되게 굴었던 거 용서빌게요.

그니까 제발!…… 제발 내 쫌 살려주이소!

선장 (가만히 안아준다) 미안하데이. 명호가 내 몰래 조 선장하고 연락할 때 눈치 챘어야 캤는데…… 다 내 탓이다.

기섭 (훌쩍이며) 오메, 썩을 놈 땜시 나도 눈물이 나뿌네잉. 뱃일 끝나면, 우리 미쓰 정허고 고향 가서 농사짓고 살라 혔는디…… 니기미 씨벌! 뭐 이런 개 좆 겉은 인생이 다 있냐.

상길 노숙할 때 어느 목사님이 그랬어. 간절히 소망하면 그것이 꼭 이루어진다고. 난 꼭 구조되리라 믿어!

기섭 참 신기허네. 이렇게 긍정적인 사람이 으째 노숙자가 됐을까잉.

선장 수창이, 기섭이, 장 씨. 그동안 제대로 묵지도, 자지도 못하고, 작업만 시키가 미안하데이. 만선해서 돈 많이 벌게 해줄라꼬 캤는데, 결국 요래 되어버렸다.

상길 뱃일이야 다 그렇지. 아까는 당황해서 고맙단 말도 못 했네. 박 선장 낚시 바늘 빼주고 치료해줘서 정말 고마웠어.

선장 낮간지럽게 와 이럽니까. 밀린 임금 달라 하지도 않고, 묵묵히 일해 줘서 내가 더 고맙지예. (긴 한숨) 하이고, 딸아는 어무이 인생 닮고 아들은 아부지 인생을 닮는다더니, 내도 우리 아부지처럼 바다서 죽겠꾸마. ('항구의 사랑'을 흥얼거린다)

수창 배고파. 라면 먹고 싶다.

상길　(입맛 다시며) 연탄불에 보글보글 끓는 라면국물에…….

기섭　(침 삼키며) 파 송송 계란 하나 탁 깨서 넣고…….

수창　김치 한 조각 얹어서, 후루룩~ 후루룩~ 맛있다. 증말 맛이데이. (잠시) 아 따거! 칼치가 발가락 물었다.

기섭　뭐가 아프다고 난리여? 갈치가 물어봤자, (벌떡 일어나며) 어매 아픈 거!

상길　어딜 물었는데 호들갑이야?

기섭　(가운데를 붙잡고) 거시기!

선장의 노래는 계속되고, 무대 뒤쪽으로 머구리가 헤드라이트 켠 채 산소줄을 달고 침몰어선 쪽으로 간다. 머구리, 쇠막대를 꺼내 배 옆구리에 뚫려진 구멍을 더 크게 벌린다.

상길　가만! 박 선장 쉿! (조용해지자) 들어봐.

모두들 선실 벽에 귀를 갖다 댄다. 쇠끼리 부딪치는 소리.

상길　들리지?

수창　왔어!

기섭　그려!

선장　살았어! 우린 살았데이!!

선원들, 구조대가 왔음을 확신하고 살려 달라 목이 터져라 구조요청하고, 머구리는 있는 힘껏 배 옆구리를 찢는다.

사이.

환자복에 우비를 걸친 명호가 무대 앞을 가로질러 간다. 천둥소리가 으르렁거리듯 들려온다. 명호, 방파제에 부딪친 파도의 포말을 뒤집어쓰고 얼굴을 닦는다.

명호　(밤하늘 올려다본다) 태풍이 왔으면 좋겠어. 바닷속까지 확 다 쓸어가 버리게……. (가던 길을 재촉한다)

어디선가 수창이의 목소리가 들리는 듯하다.

수창　(소리) 와 그랬노?
명호　(우뚝 멈춰 서서 귀 기울인다)
수창　(소리) 와 그랬노!
명호　(주변을 살펴보다가 무대 앞으로) 왜 그랬냐고? 흐흐……. (사이) 먹잇감이 필요했어. 먹잇감! 나도 선주처럼 저 부두에 내 배로 가득 채우고 싶었거든. 아무리 열심히 일한다고, 우리처럼 가진 거 하나 없는 사람들이 배 한 척 마련할 수 있을까? 흐흐…… 선주가 그러더군. 자긴 아끼고 아껴서 부자가 되었다고. 엿 같은 소리! 누굴 바보로 알아? 난 당신이 어떤 방법으로 돈을 벌었는지 다 알고 있어. 퉤!

산소부족으로 헐떡이는 선원들의 거친 숨소리.

명호 (귀 틀어막고 외면하다가) 육지에선 밀리고 밀려서 막장으로
가지. 바다에선 밀리고 밀려서 배를 타지. 막장이나 바
다처럼 죽음이 흔한 데는 눈 씻고 찾아봐도 없어. 그러
니까 그들은 모두 죽으려고 온 사람들이고, 죽음을 바로
옆에 두고 산다 해도 틀린 말은 아니잖아. 안 그래? (스스
로를 안심시키려고 변명하듯) 고민할 이유 하나 없어. 난 단지,
선주의 명령에 따랐을 뿐이야. 아무 죄책감 없이 적군을
죽이는 병사처럼. 그래! 난, 전쟁터에 뛰어든 병사야. 바
다는 전쟁터고, 침몰된 어선은 적의 진지였어. 그 속엔
적군 네 명이 숨어 있었고, 난 사령관의 명령대로 적군
을 해치웠을 뿐이야. 적군을…… 마치…… 서로를 잡아
먹는 갈치처럼!…… <u>으흐흐</u>…… <u>흐흐흐</u>…….

뒤에서 선원들의 구조요청 소리가 들려오자 웃는지 우는지 알 수
없는 얼굴로 뒤돌아본다. 잠시 후. 머구리에게 연결된 산소줄이 끊
어지면서 바다 밑으로 가라앉는다. 산소가 끊긴 머구리의 몸부림과
선원들의 절규가 음악에 묻히면서 서서히 조명이 꺼진다.

막.

한국 희곡 명작선 64

칼치

초판 1쇄 인쇄일   2021년 1월 10일
초판 1쇄 발행일   2021년 1월 20일

지 은 이   유현규
만 든 이   이정옥
만 든 곳   평민사
             서울시 은평구 수색로 340 〈202호〉
             전화 : 02) 375-8571
             팩스 : 02) 375-8573
             http://blog.naver.com/pyung1976
             이메일   pyung1976@naver.com
등록번호   25100-2015-000102호
ISBN   978-89-7115-762-6   03800
             978-89-7115-663-6   (set)
정   가   7,000원